Titel der Originalausgabe: „L'ours, un géant pas si tranquille"

Fachliche Beratung:
Dr. Lutz Plasa
Zoologe
Wilhelma, Stuttgart

Übersetzung und Redaktion der deutschen Ausgabe:
Jürgen Witznick

02 01 00 99 5 4 3 2 1

ISBN 3-473-35745-6

Bären
Die unsanften Riesen

Text von Pierre Pfeffer
Illustriert von Franck Stéphan

DIE WELT ENTDECKEN

Der Bär galt früher als „König der Tiere".

Bären haben die Menschen schon immer sehr beeindruckt. Viele Märchen, Sagen und Fabeln handeln von ihnen. Man hat ihnen vielerorts besondere Namen gegeben: bei uns nennt man den Bären „Petz". Bären sehen mit ihrem oft zotteligen Pelz und dem großen runden Kopf gemütlich und behäbig aus. In Wirklichkeit sind sie aber recht flink und sehr kräftig. Ihr Äußeres hat sich seit Tausenden von Jahren kaum verändert.

Bären haben mächtige Pranken,

an denen sich lange Krallen befinden. Mit ihren Pranken (oder: „Tatzen") können sie gewaltige Hiebe austeilen. Bären treten mit der ganzen Fußsohle auf: sie sind Sohlengänger. Meist bewegen sie sich auf allen vieren vorwärts, sie können aber auch ein paar Schritte nur auf den Hinterbeinen gehen.

Auf der Erde leben – mit mehreren Unterarten – acht Bärenarten:

Eisbär | Braunbär | Schwarzbär | Brillenbär

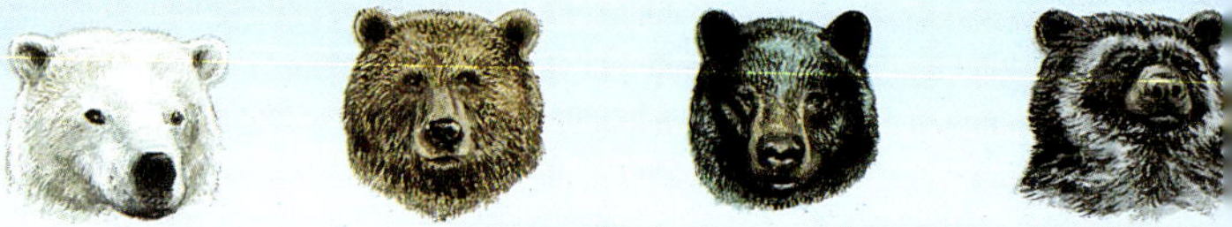

1 | 2 | 3 | 4

2
2
7
8
6
5
5: Südostasien
6: Indien, Sri Lanka (Ceylon)
7: Mittel- und Südasien
8: China

Malaienbär
Lippenbär
Kragenbär
Großer Panda
5
6
7
8

Der Braunbär ist am weitesten verbreitet. Er lebt inmitten weiter Waldgebiete – fernab menschlicher Siedlungen. Der Braunbär ist ein Einzelgänger; nur zur Paarungszeit – meist im Frühling – kommen Männchen und Weibchen zusammen.

Der Braunbär frißt neben allerlei Pflanzen und Früchten auch Insekten und kleine Nagetiere. Manchmal stöbert er einen Bienenstock auf und läßt sich den Honig schmecken – auch wenn ihn die Bienen in die Schnauze stechen.

Bevor es Winter wird, frißt er besonders viel und bekommt eine Fettschicht unter seinem Fell.

Der Braunbär überwintert in einer Höhle.

Vor dem ersten Frost gräbt er sich eine Höhle unter einem Felsen oder zwischen Baumwurzeln. Den Boden seiner Höhle polstert er mit Moos, Laub und Gras aus. Schon bevor es zum erstenmal schneit, verkriecht er sich dort hinein – er will im Schnee keine Spuren hinterlassen, die seinen Unterschlupf verraten könnten. Zusammengerollt ruht er nun, bis der Frühling kommt.

Im Winter bekommt die Bärin Junge.

Im Schutz der Höhle kommen zwei oder drei kleine Bären auf die Welt. Sie sind nur so groß wie kleine Kätzchen und wiegen ungefähr 400 Gramm – ihre Mutter dagegen an die 200 Kilogramm! Aber sie wachsen rasch: nach drei Monaten wiegen sie schon gut fünf Kilogramm.

Der Frühling naht: die Bärin hat den Winter über ihre Jungen gesäugt und selbst nichts gefressen. Jetzt verläßt sie mit ihren Kleinen die Höhle und sucht nach Nahrung.

Die kleinen Bären entdecken die Welt.

Die Bärenmutter bringt ihren Jungen viel bei: welche Gräser und Wurzeln gut schmecken, wie man mit der Tatze einen Ameisenhaufen aushebt und wie man Beeren pflückt. Sie zeigt ihnen auch, wie sie im Wasser baden und auf Bäume klettern können. Gerade das Klettern ist für die Kleinen sehr wichtig: so können sie an Früchte und Vogelnester gelangen.

Dadurch können sie aber auch ihren Feinden – vor allem den Wölfen – entfliehen.

Kleine Bären spielen gern.
Sie kugeln sich im Gras herum, schlagen Purzelbäume und balgen sich. Ab und zu gibt ihnen die Mutter einen kleinen Klaps, damit sie nicht zu übermütig werden. Die jungen Bären verlassen ihre Mutter erst, nachdem ein weiterer Winter vergangen ist. Braunbären können über 30 Jahre alt werden.

Der Grizzlybär ist ein großer Braunbär, der in Nordamerika lebt. Wenn er auf seinen Hinterpfoten steht, mißt er an die drei Meter – das ist mehr, als ein Zimmer hoch ist! Ein Grizzlybär durchstreift große Waldflächen, in denen er sich gut auskennt: er kratzt nämlich immer wieder Rinde von den Bäumen, um seine Wege zu markieren. So findet er wieder an die gleichen, von ihm bevorzugten Stellen zurück. Grizzlybären sind sehr neugierig – einsam zeltende Camper können schon einmal Besuch von ihnen bekommen! Sie greifen aber Menschen normalerweise nicht an. Ein Grizzlybär frißt vor allem Beeren und Kleintiere, wie zum Beispiel Erdhörnchen, greift aber manchmal auch Karibus an. Karibus sind in Nordamerika lebende Hirsche, eine Unterart unseres nordeuropäischen Rentieres. Solch große Beutetiere tötet der Bär mit einem einzigen mächtigen Prankenhieb.

Erdhörnchen

Ein Grizzlybär und ein Karibu stehen sich gegenüber.

Grizzlybären sind geschickte Fischer.

Wenn im Frühjahr die Lachse zum Laichen die Flüsse hinaufwandern, lauern ihnen die Grizzlys am Ufer und im flachen Wasser auf.

Sie fangen die Fische mit ihren Tatzen und tragen sie in ihrem Maul an Land, wo sie sie verspeisen – nur Kopf, Rückengräte und Schwanz lassen sie übrig!

Der Schwarzbär

– auch Baribal genannt – hat seine eigene Methode, um auf einfache Weise an Futter heranzukommen. In den nordamerikanischen Nationalparks hält er sich oft an den Autostraßen auf und läßt sich von den Touristen mit Leckerbissen füttern. Man darf sich aber von der scheinbaren Sanftheit der Schwarzbären nicht täuschen lassen: wenn sie nichts mehr zu fressen bekommen, können sie auch recht zudringlich werden. Mit ihrer feinen Nase wittern sie die Vorräte von Campern schon von weitem und machen sich sogleich über alles Freßbare her. Die Schwarzbären sind als besonders gute Kletterer bekannt.

Ein Bär wird dem Menschen nur gefährlich, wenn er erschreckt oder gestört wird. Er kann bis zu 35 km/h schnell laufen, also etwa so schnell wie ein Mensch.

Kragenbär im Himalaja ▶

Der Kragenbär lebt in Asien. Im Himalaja kann man ihm sogar noch auf 4000 Metern Höhe begegnen. Er frißt vor allem Eicheln und Nüsse. Manchmal besucht er aber auch die Felder der Bauern, um sich dort Früchte und Pflanzen schmecken zu lassen. Sein Fell ist am Hals weiß gezeichnet – das sieht aus, als ob er einen Kragen trüge.

Der Brillenbär lebt in den Anden in Südamerika. Der Pelz um seine Augen hat ein weißgelbes Muster, das bei jedem Brillenbären verschieden ist. Er frißt meist Früchte, in manchen Gegenden vertilgt er auch sehr gerne junge Palmblätter. Der Brillenbär kann sehr gut klettern und baut sich zum Schlafen Baumnester.

◀ Der Brillenbär ist vom Aussterben bedroht. Es gibt nur noch etwa 4000 Exemplare dieser Art.

◀ Malaienbären leben in Südostasien

Der Malaienbär ist ein gemütlicher Geselle.

Er wird kaum schwerer als 60 Kilogramm. Seine Fellhaare sind so kurz wie die einer Robbe. Der Malaienbär hat lange, sichelförmige Krallen, mit denen er zum Fressen Kokospalmen und Kakaopflanzen aufschlitzt. In ihrer Heimat werden junge Malaienbären nicht selten als Haustiere gehalten.

Der Lippenbär frißt gerne Termiten.

Er kratzt mit seinen Sichelkrallen ein Loch in die Wand eines Termitenbaus und saugt dann die Bewohner in seinen Mund. Dabei zieht er die Luft so laut ein, daß man es noch in einer Entfernung von 200 Metern hören kann. Leider wird er wegen dieses Lärms auch leicht von Jägern entdeckt. Seinen Namen trägt er wegen seiner langen Unterlippe. Bei den Einheimischen heißt der Lippenbär auch Faulbär, weil er viel schläft und sich recht langsam fortbewegt.

Lippenbären an einem Termitenbau.

Der Eisbär fängt manchmal Dorsche, Lachse und Rochen in Flußmündungen.

Der Eisbär ist dreimal so schwer wie ein Löwe. Er kann über 700 Kilogramm wiegen. Sein Lebensraum sind die treibeisbedeckten Meere im nördlichen Polargebiet. Der Eisbär zählt zu den größten Raubtieren überhaupt.

Robben sind die Lieblingsbeute der Eisbären. Sie schleichen sich auf dem Eis an die Robben an oder lauern ihnen geduldig an ihren Atemlöchern auf: wenn eine Robbe auftaucht, wird sie mit einem Prankenhieb getötet. Im Frühling fängt die Eisbärmutter viele Jungrobben, die sie mit ihren Jungen teilt.

Wo verbringt der Eisbär den Winter? Die Eisbärin gräbt sich im Schnee eine Höhle; dort kommen ihre Jungen zur Welt. Die Männchen überwintern selten in einer Schneehöhle; nur bei schlechtem Wetter suchen sie dort eine Zeitlang Schutz.

Andere Beutetiere des Eisbären: Polarfuchs, Walroß, Rentier.

Schwimmen in eisigem Wasser:

das macht den Eisbären gar nichts aus, ihr Haarkleid und ihr Fettpolster schützen sie vor der Kälte. Eisbären sind auf dem Eis sehr flink und können auch ohne weiteres Eisberge erklimmen. Ihre Sohlen sind behaart, darum rutschen sie nicht ab. Jedes Jahr unternehmen die Eisbären weite Wanderungen und lassen sich dabei auch auf Eisschollen treiben. Der Ort Churchill in Alaska liegt auf dem Wanderweg vieler Eisbären. Von verführerischen Gerüchen angelockt, versuchen sie in Häuser einzudringen und erschrecken so die Bewohner. Deshalb werden sie eingefangen und mit Hubschraubern auf das Treibeis gebracht. Von dort aus wandern sie weiter.

Mit einem Köder wird der Eisbär in eine Tonne gelockt. Dort wird er betäubt und dann mit einem Hubschrauber fortgeschafft.

1: Eisbären sind recht neugierig, greifen Menschen aber nicht an. Wegen ihrer Neugierde konnten sie immer leicht erlegt werden.

3: Heute dürfen nur noch Eskimos Jagd auf sie machen; es dürfen aber pro Jahr nicht mehr als 1000 Bären geschossen werden.

2: Früher hat man sie sogar von Hubschraubern aus abgeschossen, so daß ihre Anzahl stark zurückgegangen ist – auf über 20 000.

4: Für die Eskimos ist die Eisbärjagd sehr wichtig: sie essen ihr Fleisch und verwenden das Fell für Kleidung, Schuhe und Decken.

Der Große Panda ist der Liebling aller Zoobesucher. Man kann ihn aber nur in sehr wenigen Tiergärten besichtigen. Leider ist er sehr selten geworden – wahrscheinlich gibt es nur noch weniger als 1000 Exemplare.
Der Panda lebt in den Bergen im westlichen China und ernährt sich nur von Bambus: jeden Tag frißt er mindestens 12 Kilogramm davon. Mit seinen Vorderpfoten rupft er Blätter und junge Triebe ab; mit einer Art sechstem Finger kann er auch sehr dünne Zweige greifen.
Der Panda ist sehr verspielt. Er rutscht Abhänge hinunter und schlägt Purzelbäume. Ohne Mühe klettert er auf Bäume und ruht sich dort aus, wenn er sich satt gefressen hat.
Er ist vom Aussterben bedroht, denn in seiner Heimat sind in der Vergangenheit immer mehr Bambusflächen gerodet worden, so daß er nicht mehr genug zu fressen gefunden hat. Der Panda wird aber heute streng geschützt; er ist das „Wappentier" des Welttierschutzverbandes.

Vor gar nicht so langer Zeit zogen noch Tierbändiger von Stadt zu Stadt und führten staunenden Menschen Bären vor. Solche Bären nannte man „Tanzbären“. Oft wurde ihnen ein Ring durch die Nase gezogen. Bären sind nicht leicht zu dressieren, und es dauert lange, bis sie ein schwieriges Kunststück beherrschen.

In Europa leben heute noch Bären in den Gebirgszügen der Pyrenäen (zwischen Frankreich und Spanien), den Abruzzen (in Italien), den Karpaten (im südöstlichen Mitteleuropa) sowie in Skandinavien und in der Sowjetunion.
Bei artgerechter Haltung fühlen sich Bären auch in Zoos wohl.